# 기우뚱, 날다

실천문학시인선 022

# 기우뚱, 날다

김종경 시집

실천문학사

차례

## 제1부

## 제2부

## 제3부

## 제4부

# 제1부

# 블랙리스트

장난치고 떠들다가
반장 녀석이
몰래 이름 적어 내는 바람에
실컷 야단맞고
화장실 청소까지
했는데

세월이
수십 년 지났건만
그때의 반장 녀석
아직도,
심지어,
머릿속까지
따라다닐 줄이야

## 하물며

인도인들이 갠지스강에서 죄 사함을 구하는 것처럼, 부처 시대 사람들도 어느 강물에서나 몸을 깨끗이 씻으면 천상에 올라간다고 믿었다

하물며,

한반도의 동맥인 한강, 낙동강, 영산강, 금강은 이름조차 4대강이 되었다 누군가 말했듯 단군 이래 가장 멍청한 토목 사업이다 강 머리와 허리까지 잘라 내고 파헤쳐 지구상에서 가장 극악무도한 살해를 음모했으니

풀 한 포기 물고기 한 마리
바람 끝 하나 건드려도 말이야

## 역주행

하루치 생계가 가득 실린
리어카 한 대가
보란 듯이 한 생애를 떠밀고 있다

자기 몸보다
더 큰 그림자를 밟으며
천천히 흘러간다
구겨진 모자를 눌러쓰고
성난 자동차들의
거친 경적과 불빛을 뚫고
오늘도 역주행이다
눈앞을 가로막는
생계의 짐과
구부러진 등을 보이기 싫어
느릿느릿
가고 있다

푸른 신호등이 켜지자

한 생애를 역주행하던 자동차들이

약속처럼 또다시

경적을 울리고

# 오르가즘

무단 횡단하던 길고양이 한 마리
과속 중인 불빛에 스쳐 쓰러졌다

매일 밤 아름답고 따듯했던
그 불빛이 짧았던 한 생을 해체 중이다
새까맣게 타버린
그 위를 자동차 행렬이 지나간다

선혈 낭자한 몸뚱이가 차갑다
아랫도리로 그놈을 살며시 타고 넘는 순간
신음소리 헐떡거리더니
거칠면서도 따듯한 혓바닥이
사타구니를 아주 부드럽고 짜릿하게

…… 쓰윽 ……

핥으며 살아난다

아!

죽음의 공포가

오르가즘의 동의어인 줄이야

# 로드킬

인간 세상을 점령하기 위해
도심 속으로 잠입하다
끊임없이 죽어 가는

나는 야생의 혁명가,

어둠 속에서 더 천천히 흐르는
차량들의 불빛을 뚫지 못해
길거리마다 피 흘리며 나뒹굴던
내 혁명의 동지들이여!

수많은 촛불이
작렬하게 꺼져 갈 때도
생존의 차별은
쉽게 무너지지 않았던 것처럼

오늘도 생존을 위해

수많은 야생의 혁명가들이

도심의 위태로운 사선의 경계를

무심히 뛰어넘고 있다

# 제국의 아침

지난밤 테러 경보로
안개에 수몰된 뉴욕의 아침
호텔 창밖이 출렁거린다

자유의 여신상 앞,
거구의 흑인 보안 요원 손짓에 따라
관광객들이 차례차례 신발을 벗어 놓고
허리 벨트를 푼 후
컨베이어 벨트 검색대로 온몸을 삽입한다

백일몽에 취한 이방인들이여
민들레보다 더 몸을 낮춰라, 그리고
제국의 무덤 속으로
꾸역꾸역 기어서 들어가라

검은 윤기가 흐르는 폭발물 탐지견들은
하수구 쓰레기 더미 속에서

불온한 냄새를 찾아 킁킁거렸고

더 이상 비둘기는 날지 않았다

# 안개의 부음

안개주의보를 뚫고
도시의 경계를 몇 개쯤 지나갔을까

장례식장 가는 길목엔 방향 잃은 점멸등과 이정표들이
젖은 몸을 일으켜 일찌감치 귀가를 서둘렀고,
환경미화원들은 낙엽처럼 쌓여 가던 창백한 밤안개를
쓸다 말고 넋을 잃었다

머뭇거리다 혼자 떠난 문상길이다
산 자와 죽은 자의 뒤섞인 이름들을 떠올려 보지만
기억나지 않았다
장례식장에 들어서자 낯선 눈빛들,
지친 조화들만 이름표를 매단 채 졸고 있고
낡은 구두 몇 켤레만 흩어져
술 취한 추억들에게 붙잡혀 있다

얼굴도 모르는 상주에게 문상을 하고

돌아가신 아버지 이름으로 쓴 조의금 봉투를 다시 한번
확인하며 돌아섰다

앰뷸런스는 또 다른 부음을 찾아
안개주의보 속으로 달려가고

# 아무르강

여권도 비자도 내비게이션도 없이 허름한 처마 밑에서 신접살림을 하다가 강남으로 돌아가는 제비들

머나먼 아무르강에서 날아와 눈 내리는 한 계절을 고고하게 살다 가는 두루미와 단정학鶴은 심지어 천 년을 산다지

몽골에서 무지개가 뜨는 나라 솔롱고스까지 날아온 독수리들의 꿈 역시 생존일진대 이 땅이 척박하고 위험해져 철새들이 점점 오지 않는다는 새 박사의 말이 유언처럼 슬프게 들리던 날

당신과 나, 한 계절만이라도 아무르강 저 멀리 훨훨 날아가 허름한 처마 밑이라도 세 들어 살고 싶다

# 모차르트를 위한 질문*

모차르트의 영혼을 전송한다, 수신자는 부재중이고 나의 디-벨-티-멘-토는 끝없이 전송 중이다

끌려온 유대인들이 가스실로 들어갈 때마다, 모차르트의 선율을 오케스트라 공연으로 듣게 했다 샤워실로 위장한 죽음의 문턱에서 천재 음악가의 경쾌한 춤곡과 행진곡을, 그들은 잠시 어둠 속 두려움과 공포를 잊었지만 검은 기차의 승객들은 구름처럼 몰려왔고, 구원을 담보로 선택받은 묵시록 연주자들의 모차르트 역시 끝나지 않았다 불길 치솟던 소각장에서는 연기와 악취가 쉼 없이 뿜어져 나왔고 모든 게 낙엽처럼 타 버린 그해 겨울, 가끔은 모차르트 대신 슈트라우스가 검은 굴뚝에서 흘러나오기도 했다

나는 처음으로 모차르트의 부재를 기원했다, 당신의 부재가 끝날 때까지

---

* 영국의 어린이 책 작가인 마이클 모퍼고와 마이클 포맨이 홀로코스트를 주제로 쓴 책.

# 김량천의 안개

새벽, 안개를 쫓던 개 한 마리 허연 달덩이를 물고 와도 안개의 중량은 줄거나 늘어나지 않았다 이따금 중국산 스모그가 몰래 들어와 안개를 값싼 불량품으로 둔갑시켜도 이 도시의 소음은 절대 깨어나지 않을 터

이 고장 안개는 김량장金良場의 터줏대감이다 오일장에는 가로등도 일렬횡대 줄을 서고 안개는 장돌뱅이보다 먼저 빈자리를 잡아 놓는다 취해 버린 사람들은 좌판 구석에서 술판이나 바둑판과 씨름하기 일쑤지만 아무도 참견하지 않는다

샐러드 드레싱처럼 흘러내리는 안개를 포식하던 아침, 김량천 자전거들이 줄지어 안개 속으로 투항하자 안개는 자전거를 꾸역꾸역 삼켜 버린 후 언제 그랬냐는 듯 입을 굳게 다물었다

누군가, 안개의 늪에서 노를 젓는 것은 레테의 강을 건너

는 일이라고 말했다

# 안개상습정체구역

사거리 빌딩 고시원에서 불이 났다 붉은 신호등이 가장 먼저 긴급 구조를 요청했지만, 검은 안개가 인형들의 꿈속까지 먼저 잠입했다 어둠을 움켜잡다 물컹, 소스라쳤지만 더 이상 아무 소리도 들리지 않았다

잠시 후 소방관들의 들것마다 검은 안개에 그을린 얼굴들과 하얀 발가락 몇 개가 보였다 어둠에 오열하는 사람들에게 플래시가 터졌고, 구조대 앰뷸런스만 요란스럽게 안개를 빠져나갔다

아침이 되자 원산지가 다른 일곱 송이 국화가 안치되었다 비몽사몽 기자들만 소방당국의 방화 추정 발표를 뉴스 속보로 쏟아 냈고, 안개 속에 남아 있던 몇 개의 목각 인형들은 방화 용의자가 되었다 몇 달 후 경찰은 전기누전이 진짜 방화범이었다고 공식 발표했다

검은 안개 속에서 죽음의 문턱을 넘어선 그들에게 지불된

보상금은 장례비 꽃 값 일인당 오백만 원, 끝내 그들은 안개와 협상하고 말았다

## 이국 소녀에 대한 기억

공장 굴뚝은 여전히 근엄하고 탐욕스럽다

검은 연기가 경안천 안개 속으로 숨어들었다

세상 반대편 하늘을 돌아왔을 고단한 태양이 안개에 질식해 떨어졌을 때

그들은 반나절 작업이 끝난 후에야 소녀의 행방을 묻기 시작했다

발작 난 새벽안개 덩어리는 필리핀 소녀를 범했고,

가냘픈 비명 소리만 높은 둑방을 뒹굴다 안개 속으로 사라졌다

소녀는 불법체류자라는 말에 저항하지 못했고, 신고조차 못 했다는 소문이 안개를 흔들었다

안개 낀 45번 국도를 지날 때면, 아직도 망가진 기억의 공사가 진행 중이다

# 우리나라 좋은 나라

'파산과 구제, 신용 회복 상담'
희망찬 플래카드가 걸려 있는 이 땅은 아름다워라
신이 우주를 관장하는 것처럼
누군가 한 사람의 인생과 가계를 죽이고 살릴 수도 있다는
지극히 감사해야 할 저 말의 무력감이란
저잣거리에서도 나와 자본주의의 실패를
아무렇지도 않게 떠벌릴 수 있는
우리나라 좋은 나라

# 안녕, 지구여

거대한 날개를 퍼덕이는 새 떼들이 국제공항 에어라인마다 우글거리고 있다

지상엔 다시 쥐라기와 백악기 시대가 도래 중이다

아이슬란드에서 화산이 폭발한 후 검은 화산재가 유럽 상공을 떠나 한반도 철새 도래지를 빠르게 지나간 적도 있다

항상 종말을 예고하는 푸른 별 지구에서는 티라노사우루스를 닮은 비행기들이 은빛 날개를 가르며 끊임없이 뜨고 내리는데

안녕, 지구여 이제 종말 프롤로그를 쓰자

# 제2부

# 국수집* 연가

허기진 수화를 주고받던 젊은 남녀가 잔치국수 한 그릇 주문하더니 안도의 눈빛 건네고 있다

하루 종일 낯선 시선을 밀쳐 내느라 거칠어진 손의 문장文章들은 국수 가락처럼 풀어져 때늦은 안부에도 목이 메어 오고

후루룩 후루룩 국숫발을 따라 온몸으로 울려 퍼지던 저 유쾌한 목소리들
세상 밖 유배된 소리들이 국수집 가득 부글부글 끓어오를 때면 연탄난로 위에 모인 이국의 모국어들도 어느새 노랗게 익어 갈 것이다

혹여, 누구라도 이 집이 궁금해 찾아가려거든 낮달 같은 뒷골목 가로등 몇 개쯤은 무사히 통과해야 하고 또다시 막

* 국숫집이 바른 표현이나 시적 분위기를 위해 국수집으로 씀.

다른 슬레이트 집 들창문을 엿보던 접시꽃 무리 지어 손 흔들 것이니

누군가의 발자국보다 개 짖는 소리가 먼저 도착해 온 동네를 흔들어 깨울 때 푸른 문장들을 뽑아 삶아 내는, 오래된 연인의 단골 국수집.

# 호야의 법문

계룡산 끝자락 원오사에서 묵언 수행 중인 견공이 있다 호랑이와 늑대를 반반씩 닮은 호야는 절간 생활 삼 년도 채 안 돼 고요한 법문을 시작했다

호야가 하는 일은 계룡산 자락에 쓰여 있는 모든 불경을 게송偈頌하는 것이다 나무와 바람과 계곡, 온갖 새와 짐승들이 전하는 부처님 말씀 중 제일 잘하는 법문은 주지 스님과 중생들이 계룡산으로 기도 산행에 나설 때면 빈 바랑을 짊어지고 앞장서는 일이다 어떤 고행도 주저하거나 마다하지 않는다

다만 불경스럽게도 잠시 속세의 낭인과 인연을 맺어 서로를 쏙 빼닮은 후세들을 두었으니 아직은 품 안의 동자승들이다 호야는 본디 불심이 강해 속세와의 인연을 접고 묵언 수행 중이니 득도 후의 법문에 기대가 큰 이유다

# 김량장

가설무대처럼 왔다 가는
연정이네 포장마차에 가면
할머니 젖 냄새에 취한다

누군가 끌고 온
반쪽짜리 바다 풍경에도
지독한 멀미를 해야 했다
생선 좌판에서 출렁이는
거친 파도 소리와
홍어찜처럼
곰삭은 세상 이야기
난전의 장돌뱅이 사이를 오가며
갈매기처럼 기웃거리는 날이면, 울컥
낯선 사람들에게
막걸리 한잔 권하고 싶다

오래된 노을이

가설무대 뒤에 쓸쓸하게 서 있고,

굽은 허리를 곧추세운

빈 유모차만

지팡이처럼 앞장서서

파장의 장터를

느릿느릿 끌고 간다

# 첫눈 오던 날

그는 매일 재활용품 가득 쌓인
4층 복도 구석으로 신문지를 가지러 왔다

유효기간이 끝난 세상의 일들과
크고 작은 생애들을 곱게 펴서
허기 누르듯 꾹꾹 밟아 묶었고
지상의 리어카에서
계단 오르내리기를 서너 차례
그의 일상은
단단한 허공을 밟고 오르내리는 것

눅눅한 폐지 더미 위에 쪼그려 앉아
신문지 덮인 빈 그릇들을 엿보던 늙은 허기가
누군가의 시선에 짓밟혀
폐지 더미 속으로 묶여 버릴 때도 있다

첫눈 오던 날

삐걱거리던 허공이 갑작스레 무너졌고
잠시 후 그의 인생이
한 장의 폐지로 순간, 펼쳐졌다

지상에 떨어지던 눈발들도
재빨리 수습되어 어디론가 떠나 버렸다

## 반세기 전에도

이봐, 용인 사람 김 선생! 내가 용인 땅에 입성했으니 용인의 지신地神에게 큰절 한번 올려야지 않겠나 토박이집에서 소주 두 병을 비우며 예를 갖추고 약천 남구만 문학제 특강을 갔는데 열강을 하다 보니 삼십 분을 훌쩍 넘겨 관중들을 취하게 만들었지 강연보다 더 뜨거운 뒤풀이가 이어지자 일일이 술잔을 주고받았고 삼 차에선 끝내 양복저고리를 벗어 던졌지 팔순을 넘긴 남자의 손가락이 유난히 길고도 고와 보였어 늦가을 밤이 깊어지자 노 시인은 흰 셔츠 바람에 한오백년을 설웁게 설웁게 애국가인 양 권주가인 양 불러서 술 취한 문청들의 가슴을 더 뜨겁게 흔들어 놨지

훗날, 어느 시인이 말하길 고은은 반세기 전에도 고은이었다고.

# 삼가, 조의를

유명 작가들이 젊은 나이에 요절하는 이유를 아는지 요절해서 유명해졌다고 우겨도 할 말은 없어

천재와 불후를 겸한 시인들과 작가들이 그러했듯 요절은 탁월한 미덕이라고 모든 둔재들의 주장일지도 몰라

서른셋 예수의 나이를 넘기지 못했던 이상 김소월 윤동주 기형도 …… 너머 체게바라는 서른아홉이었다지만 모두 내가 잃어버리거나 지나쳐 온 시간들이잖아

늙은 황지우 시인에게 더 늙은 이시영 시인이 왜 요즘 시를 안 쓰냐고 묻자 시는 20대에나 쓰는 것 아니냐고 아무렇지 않게 반문했다지

그 말을 듣고 오래전 미덕을 저버린 나와 아직 태어나지도 않은 나의 시들에게 삼가, 조의를 표하고 말았어

# 부음訃音

누군가 나의 부음을 지인들에게 전했다 어젯밤에도 술자리까지 잘하고 들어와 곤히 잠들어 있는 나를

말도 안 돼, 심지어 마지막 술자리에서 목청 높여 사회 정의를 부르짖는 바람에 목구멍까지 아팠던 기억이 생생하거든 그까짓 술 좀 좋아한다고 죽었단 말이야 그건 말이 안 되지 솔직히 주당으로 몰락한 김해 김씨 횡성공파 이십일 대손 가문의 말 못할 내력쯤이야 유전이고 전통이잖아 술 때문에 수많은 미망인을 배출한 건 김씨 가문의 남자들을 대표해서 미안하게 생각해

나의 부고는 누군가 숙취 때문에 번지수를 잘못 찾아왔거나 종겸이를 종경이로 잘못 말했거나 십 년이나 이십 년쯤 뒤에 왔어야 할 저승사자가 실수로 너무 빨리 왔을 거야 아니면 설마 누군가 나의 죽음을 간절히 바랐을지도 모르지 아니라면 지금 이 순간도 분명 꿈속일거야 저 멀리서 어머니 울음소리가 들려오고 있다 점점 내 몸과 마음은 검은 심

연으로 가라앉고 정신은 몽롱해져 나락으로 떨어지는 기분이야 드디어 모든 시간과 공간이 검은 장막 속으로 사라져 보이질 않아

이른 아침, 전화벨 소리에 화들짝 깨어보니 글쎄 내가 울고 있지 않겠어? 솔직히 다행이다 싶어 비몽사몽 출근을 하는데 운학천의 지독한 안개가 코앞을 가로막더군 그래, 이놈의 세상은 항상 안개 속이었어.

# 새로운 이력

외상 장부는 색 바랜 달력 몇 권 금학천변 막걸리집은 단골손님도 대를 이어 사십 년이 넘었다

메뉴판도 가격도 날씨 따라 변하는 주인 할머니에겐 카드 유효기간이나 한도가 필요 없다

단골손님의 내력을 더 자세히 읽고 있는 그녀의 계산법은 아무도 몰라

누구든지 여길 오면 한 번쯤 외상의 이력을 남기고 싶어진다

일기예보가 국경일인 공사판 인부들 장맛비 소식에 허탕 친 걸걸한 사내들이 해장술부터 흔들렸다

밤새 취한 가로등 불빛 부둥켜안고 막걸리집 천장에 먹장구름 가득할 때면

누군가 색 바랜 달력 뒤적여 조심스레 줄을 긋고 또다시 새로운 이력을 써넣기 시작한다

# 재개발구역

배추벌레 일가족은

생의 마지막 그늘까지 먹어 치운 뒤

한꺼번에 투신자살을 했다

묵정밭,

저 깊은 나락 속으로

지난밤

또다시 한 계절이 쓰러져

어딘가로 실려 갔다

# 짧은 안부

가난한 동네에
십자가가 많은 이유는
구원받을 죄인이 많기 때문인가

사글셋방도 부러워
낡은 문패에 눈길 머무는 사람들
옥탑 꼭대기 교회당 종소리는
구원의 안부가 된 지 오래다

고층 아파트 그늘 속에서도
수직의 벽을 견고하게
걸어서 올라가는
그것만이 생존의 길이라 믿어 온
담쟁이넝쿨처럼

철야 작업이 끝나고
지하실 작업장을 빠져나온

이주노동자 한 무리

문득, 누군가 건넨

소주 한 병과 과자 한 봉지에

퇴근길 안부가 환하다

# 풍어風魚

한 집 건너 무당이 살았다는
김량장동 북구 사람들은
낮은 골목마다 색 바랜 만장을
희망처럼 펄럭이고 살았지

봄이면 좁은 화단에도
꽃불은 활활 타올랐어
그래, 세상은 날마다 꽃밭인데

늙은 보살은
바깥소식 궁금해지면
골목 끝에 핀 빨간 칸나처럼
가부좌를 틀고
풍경 소리 따라 흔들리곤 했지

새벽녘 동이 트기 전,
어둠을 가르던 풍어 떼는

산꼭대기 텅 빈 암자를
통째로 매단 채
먼 바다로 헤엄쳐 갔어

골목 안 대문마다
붉은 페인트로 쓴 철거 번호가
하나씩 사라져 갔지

# 다시, 서울

도시의 그림자를 헛디뎌 실족한 청춘들이 빈 술병처럼 광장역 구석에 나뒹굴고 있다 노숙자도 세입자도 아닌 서울역 시계탑 비둘기들조차 그들을 외면했다

구 서울역 문화관 세계보도사진전은 세기말 양심의 각혈을 쏟아 내고 있다 전쟁과 폭력 그리고 기아, 가을 하늘 아래 서 있는 서울의 뒷모습을 닮았다

광장역 천막교회는 쓰러진 겨울을 새봄으로 전도하기 위해 무료 급식을 시작할 것이다 허기의 절정을 기다린 제이비엘 스피커에서 들려올 구원의 음표들

다시, 서울의 하늘은 누구에게나 천국이 될 수 있다는 검붉은 플래카드가 펄럭일 것이다

# 어떤 면회

반백이 된 한 남자 면회를 갔더니 하늘만 보이던 구치소보다야 호텔급이란다 신분증도 예약도 필요 없는 산바람과 온갖 새들이 모락산 자락을 오르내리며 세상 이야기를 물어 오고 늦가을 단풍에도 웬종일 취할 수 있어 좋단다 그는 매일 답장 없는 편지를 쓴다고 했다 편지는 어디든지 훨훨 날아갈 수 있으니, 가을 시집이나 한 권 보내 달란다 십 분간 면회실 유리창을 사이에 두고 불 켜진 스피커로 안부를 주고받는데 누구네 집엔 쌀 좀 보내주라, 어디엔 억울한 사연 좀 꼭 전해 달라는 남들 심부름뿐이다 평생 누군가에게 주먹 한번 써 본 적 없을 것 같은 저 남자 문득 가을 끝자락 낙엽같이 떨어진 그의 판결문이 궁금해졌다

# 신장개업

비 내리는 쇼윈도 밖에서 댄스페스티벌이 한창이다 미니스커트의 희멀건 젖가슴과 허벅지 앞에서 급브레이크를 밟으며 가다서다를 반복 중이다 신장개업 홍보는 이래야 한다는 듯 미니스커트가 거리로 뛰어들었고, 누군가 창문을 열고 욕을 하나 싶더니 오히려 음악에 환호했다 엿장수 품바가 나오자 이슬비도 그치고 댄스음악도 꺼졌다 지친 하이힐이 화장실에 쪼그리고 앉아 습관처럼 담배 연기 도넛을 만들었다 때로는 사람도 이름만 바꿔서 신장개업을 하면 좋겠다고 생각했다 담배 연기 도넛은 먹을수록 허기가 졌다

# 파치

골목길 노점상
고무다라 안에서
오순도순
지난밤의 무용담을 펼쳐 놓던
복숭아 파치들

떨이라며
아픈 생을 마구 흔들어 파는
달콤한 유혹에
퇴근길 발걸음도
무심코 멈춰 서는 밤이다

폭풍 전야,

복숭아나무에서
맥없이 손을 놓쳐 버렸거나
간신히 눈을 뜬 채로

살아남은 어린 생들

눈부신 햇살에 깨어난
지난밤의 상처가 더
깊고 오랫동안 향기롭다

## 새벽마다

새벽마다
유모차에 조간신문을 가득 싣는
그녀는 뉴스의 유효기간을
아는지 모르는지

비 오는 날이면
내 삶보다
남의 삶이 더 먼저 젖을까봐
전전긍긍하는 그녀
좌판 위 취객에게
신문지 이불을 만들어 주며
안녕이라고 말하는

편의점 알바의
긴 하품과
청소차에 매달린
사내들의 가쁜 숨소리까지

가득 싣고 달리는

돌아온 그녀의 유모차는

오늘도 분주하게

새벽을 배달한다

# 눈먼 섬

시각장애인 열다섯 명이
베트남 하롱베이로 여행을 떠났다

바다 위엔 수만 년의 생애를
떠돌았을 낮은 파도가 햇살 위를 떠다녔고
삼천여 개의 섬들은
제 생의 무게만큼 가라앉아 있다
섬 앞에서조차 외로운 섬이 되어 버린
사람들은 말이 없다

가이드 송이 물었다
구경 잘 하셨습니까?
그때 한 사람이 두 눈에 힘을 주며 말했다
내 생애 최고의 풍경이었습니다, 정말 잘 보고 갑니다
가이드 송은 고개를 갸웃거리더니
다시 물었다
그럼, 어떻게 보셨습니까

또 다른 한 사람이 눈물을 흘리며 말했다
귀로 듣고, 냄새도 맡고, 마음으로 보았지요

순간, 눈먼 섬들이 출렁이기 시작했다

# 제3부

# 몽블랑에 오르다

아내가 몽블랑 만년필을 사 왔다

만년의 등단 기념 선물이라며

모나미 볼펜 수백 자루 사고도 남을

버럭, 화부터 내고 말았다

한평생 썼다가 지우고 고쳐야 할

반품도 환불도 안 되는

내 시보다도 훨씬 더 비싼 것을

그날 밤, 붉은 잉크 한 방울

가슴속 깊이 똑 떨어져

오래도록 뜨겁게 번져 나갔다

# 불편한 안부

논두렁길 위에서 지하철 안 당신과 통화 중이다

왁자지껄한 개구리 소리가 핸드폰으로 뛰어들어 때늦은 안부를 묻는다 낯익은 3호선, 당신의 불편한 안부가 논두렁길 밖으로 빠져나온다

날마다 환승역 한두 개쯤 거쳐야 지상의 집으로 갈 수 있다고 당신은 말했다 종착역 신호음이 끊어지자 더 이상 아무 소리도 들리지 않았다

사람들이 서둘러 지상의 계단을 빠져나갔고 나는 논두렁길 달빛역 위에 주저앉아 하염없이 울었다

# 무신론자의 변명

일요일 아침,
아내를 버리고 혼자
재미없는
조조영화를 봤다

가끔은
사랑도 구속인지라
무신론자가 되는 것처럼
새로운 사랑과
또 다른 신전을 찾아
하루 종일
배회하는 날이면

천당 밑에 분당
분당 밑에 수지
수
직

상

승

을

꿈꾸는 사람들처럼

사랑도 구원도

이미

저세상

## 어머님의 기도

월남전과 한국전쟁을 온몸으로 겪고 요양원에서 삼 년을 앓다가 죽은 국가유공자 남편의 장례식 무덤 앞에서 백발의 아내가 기도를 한다.

다시는 이 세상에 태어나지 말고 절대 인간으로 태어나지 말라고…. 굳이 태어나려거든 식민지도 전쟁도 없는 태평성대에 아주 부잣집 자식으로 태어나 부디 아프지 말고 오래오래 행복하게 살다 가라고.

# 아버님 전상서

1

협궤 열차가 들어오기 직전
비 내리는 옥수수밭 옆 철도 길 위에
술 취해 누워 있던 김 상사
아내와 자식들이 구루마를 끌고 와
간신히 화를 면했다는데
술과 노래를 좋아했던 그는
소총도 철모도 모두 잃어버린 채
태평하게 코를 골았다지요.

2

한 삼 년쯤 요양원에서
명가수로 이름을 날리던 그는
한밤중에 노래하며 돌아다니다
침대에 묶이기도 했구요.
인생 중 가장 화려했던 시절은
전쟁 중 부모님을 두고

개성에서 남한으로 내려와
서울아가씨를 만나
아들 딸 셋 낳고
나라에 충성을 다했던 거지요.

개성상고 졸업을 앞두고
은행원이 꿈이었다는
그의 마지막 소원은
통일이 아니라 요양원을 탈출해서
집에 가는 것이라고 했는데
가족들은 작은 소원 하나
끝내 못 들어준 게
가슴에 한으로 남았다지요.

3
다행히 청정 도량에 울려 퍼지던
사십구재 독경보다는

국가유공자 김 상사가 전장戰場에서 불렀던

실향가와 권주가가

더 멀리 울려 퍼졌답니다.

## 유품

월남한 당신이
한평생 품고 살았던
낡은 지갑 속
깊은 주머니에서 나온
흑백 사진 한 장

까까머리 청년이
고향에 두고 온
첫사랑인가, 아니면
오래된
애인이었을까

어머니는
짐짓
고개를 돌린다

# 기억

가을보다 앞서 막내딸을 떠나보낸 할머니가 울었다 가난이 업보라 했다 어스름이 오기 전 아버지가 그녀를 지게에 싣고 나갔다 아버지는 어둠만 잔뜩 묻힌 채 돌아와 금세 코를 골았다

## 오월이 오면

한 포기라도 더, 더
올해가 마지막 농사라며
허공에 걸린 뿌리를
꾹꾹 누르고
허리를 굽힐 때마다
덜거덕 덜거덕
기계음을 내던 아버지

당신은 아직도
햇살 찰랑이는
그곳에서
허공에 뿌리내린
여린 몸 세우고 계시겠지

긴 묵상에서 깨어난
개구리 울음이
아카시아 찔레꽃처럼

하얗게 흩날리던

오월이 오면

# 산신제를 찍다

안개가 깨어나던 아침
낯선 트럭 한 대가
황소 한 마리를 싣고, 천천히
성황당 앞에 멈췄다
황소는 그렁그렁한 눈으로
먼 산을 바라보았다
황토가 뿌려진 제단 앞엔
침묵의 금줄이 있었다

의식이 시작되자
황소는 맥없이 쓰러졌는데
오백 살이 넘었다는 느티나무가
잠시 경련을 일으키더니
각혈하듯 낙엽을 쏟아 냈다
카메라 렌즈 안,
황소의 젖은 눈망울 안에서도
붉은 낙엽이 흩날리고 있었다

산신제가 끝날 때까지
도시의 유목민들은
아프리카에도 없는 흉악한 샤머니즘이라고
내심 고개를 저었다

바람이 쌓은 돌무지 제단은
아버지의 아버지,
할아버지의 할아버지들이 남긴
오랜 바람의 무덤이다

## 푸른 시절

눈꽃 사이로
삐죽이 고개 내밀던
겨울 보리 싹
온 가족이 꾹꾹 밟으면
걸음마다
뽀드득 뽀드득

아버지는 보릿고개를
그냥 한 시절이라고 불렀어
할머니 독경처럼
언 땅을 힘차게 뚫고
솟아나던
푸른 시절이라고

오늘은 주말농장에서
퉁퉁 불어 버린
중년의 사내들이

황금벌판의 추억을 경작하지만

더 이상, 봄보리는

양식이 아니거늘

# 눈 내린 골목길

골목 안 ㅁ자 여인숙,
눈 내리던 크리스마스 이브에
스무 살 연인이 누웠다

한 청춘은 발자국을 지우며
눈 내린 골목길을 빠져나갔고
또 다른 청춘은
얼어붙은 골목에 쪼그리고 앉아
지난밤의 기억들을 반납하느라
꺼이꺼이 울고 말았다

소읍의 골목을 잇는
전봇대 위엔 비둘기 떼가 살았고
모닝커피와 쌍화차 대신
순한 청춘을 싼값에 배달하던 누이들만
밤낮으로 드나들었다
골목길 끝에도 눈이 내렸고

창백한 눈발을 흔들어 깨우던
단골 레코드점 낡은 스피커에서는
해장술 탓인지 찢어진 음표들만
잠시 멈췄다 지나가던 시절,
가자가자 고래 잡으러 동해 바다로
고래고래 메들리는
어느새 호텔 캘리포니아로 달려갔지만
거기에도 청춘의 오아시스는
보이지 않았다

오천 원짜리 숙박료처럼 허름했으나
쓸쓸해서 더 따듯했던
내 청춘의 눈 내린 골목길

## 눈빛

주말농장 샘터에 빠져 있던 새끼 고라니 한 마리를 어머니가 안고 왔어 밤새 아이 울음소리에 아침 일찍 아들 녀석과 산으로 돌려보냈지

가을날 주말농장 먼발치에 서 있던 고라니와 눈이 마주쳤어 제법 큰 녀석이 선한 눈망울로 나를 멀끔히 쳐다봤고 우린 오랫동안 눈을 맞췄지

지난봄 아침 햇살에 눈물 반짝이며 산으로 뛰어갔던

# 어두니

퇴근길에 들깨밭 옆 가로등 불 좀 꺼 달라는 어머니 성화에 무심코 스위치를 내리다가 깨닫기를, 아니 불혹을 넘겨서야 떠오른 기억이다

유독 아이들이 많았던 내어둔 마을엔 동네 이름부터 어둡다고 '어두니'로 불렸던지라 밤이 길어 애들을 많이 낳았다는 또래 친구들의 19금 놀림이 유행하던 시절이 있었으니

70년대 중반 전기와 텔레비전이 들어온 후 삼대가 다녔던 초등학교 폐교 소식이 전해졌고 졸업생 전체가 학교 살리기 운동까지 벌여야 했건만 이제는 아이들 보기조차 하늘의 별 따기다

사람이나 식물이나 열매를 맺으려면 본디 어두워야 자유롭게 꽃피울 수 있다는 불멸의 이치를 저버린 탓인가

# 환생

햄스터 두 마리가 어둠을 힘차게 돌리고 있다, 너무도 황망했던 그 시절 이놈들을 쏙 빼닮은 놈들이 있었다

우리 집 천장 안에서는 매일 밤 대운동회가 열렸고, 급기야 빗자루와 헛기침으로 경고했지만 그것도 잠시, 만국기 휘날리던 아랫목부터 윗목까지 온갖 게임으로 축제의 밤이 이어졌다 기어코 몇 놈이 뻥 뚫린 천장 밑으로 떨어져 아이들 꿈자리까지 아수라장으로 만들던 불면의 밤들

아버지가 떨어진 녀석의 꼬리를 붙잡아 마당으로 힘껏 내던졌던, 아! 이놈들은 나의 공포를 아는지 모르는지, 아침마다 아내와 아이들은 그놈들에게 살가운 문안 인사를 올리고 있다

# 유목의 강

강물은 그냥
울면서만
흘러가는 게 아니다
날마다
낯빛이 바뀌는 것처럼
꿈틀거리는 물결 속엔
자갈보다 찰진 근육이 있고
바위보다 단단한 뼈가 숨어서
강물은 이따금
남몰래 벌떡 일어나
걷다가 뛰다가
혹은
모래처럼 오랫동안
기어, 기어서라도
바다로
흘러가는 것이다

# 제4부

# 새벽길

산사로 가는 새벽길

내가 숲속의 첫 먹잇감이다

햇살보다 먼저 거미줄에 걸려

누군가 제 한 몸 기꺼이 공양해야

생계가 이어지는 구원의 길

하루를 허탕 친 늙은 거미가

이슬 공양을 마친 후

무심히 사라져 간

저 허공의 길, 거기

산사 한 채가 환하다

## 빅뱅

어린 꽃망울들이
지난밤 온몸을 떨었다

하나의 꽃이 핀다는 건
우주가 또 하나의 생명을 잃어버리는 것

작은 꽃망울 하나도
온 힘을 모으지 않으면
절대 피어날 수 없는 법

하물며, 당신은

# 기우뚱, 날다

붉은 발목을

적신 채

어두운 물가에 앉아 있던

청둥오리 두 마리

기우뚱 날자

여명이 밝아 온다.

# 무덤이 있는 풍경

차창 밖 풍경이

멀어져 가자

늙은 사내는

잠든 여자의 왼손 위에

주름진 오른손을

살며시 얹는다.

나지막한

산자락 풍경 속엔

사분사분 함박눈 내리는데

흰 찹쌀떡처럼 몽실몽실한

작은 무덤 두 개,

서로 봉긋한 어깨를

가만가만 도닥이고.

## 기다림

빈 지게

밭은 기침 소리만 들려도

반갑게 허리 굽혀

깊숙이 인사하던

동구 밖,

미루나무

# 바람에게 쓴 편지

텅 빈 여객선을 타러 가고 싶다

도시의 뒷골목을 빠져나와
가볍게 수인사하는 달동네 막차라도 좋아

굽이굽이 가다 어느 폐항에 도착하면
낡은 포구의 등대처럼 바다에 뿌리내린 채
아픈 첫사랑을 기다려도 상관없어

유채꽃의 부음이 들려올 때면
뭍에서 지친 마음
석양을 물질하던 한라의 미소 사무치게 그리워
빨간 우체통이 있는 올레길 옆을 지나거든
시인의 집에 들러
바람에게 장문의 연서를 쓰자

성산포에 홀로 앉아

해삼 멍게에 소주를 마실 때면
푸른 파도가 와락 달려와 함께 울어 주던
내 청춘의 서러웠던 시들에게도

애초부터
바람의 환승역이나 종점은 없었을지도 몰라

# 회귀본능

수족관 속 물고기들은 틈만 나면 어디론가 떠날 채비를 한다 바다에 대한 동경이 부레를 가득 채웠기 때문이다

# 꽃

벌과 나비를

위한

기다림의 어원(語原),

그리고

또 하나의

그리움.

# 이미지

배롱나무 한 그루,
어느새
늙은 수도승이 되셨다

고승이 떠난 암자 한 귀퉁이
벤치에 걸터앉은
제 그림자 바라보며
떠나가는 계절의 등을 토닥이고

오랫동안 머물러
백 일 동안 꽃피우고 싶다던
탁발승도 떠난 지 오래

한평생 자기 그림자에
발목을 묶어 놓고
손바닥만 한 그늘 속에서
뿌리내린 채 살아가는

저 늙은 수도승처럼

다음 생애엔
백 일, 아니 단 하루만이라도
이 세상에 있을
당신이란 꽃
붉게 피우고 싶다

# 해빙

그녀는 말했다
꽁꽁 얼어붙은
저수지가 몸을 풀 땐
밤새 아이 울음소리가 들린다고

# 순간,

삶이 다가오자
물 밑의 세밀한 근육들부터
파르르 떨렸고
오리와 두루미들이
먼저 시퍼렇게 질려
날아갔다

그 하늘
흔들리던 구름에
깜짝 놀란
피라미 새끼들
한 방향으로 몸을 쓰러뜨려
일제히 발광하는
눈부신 오후

# 은빛호각

난기류에 잠 깨어
오래된 시집 한 권 뒤적거리고 있을 때

해안으로 착륙 중인
샤먼 가는 시골길에는
흰 염소들의 긴 행렬이
푸른 벌판을 가로질러 이리저리 뛰고,
포구의 빨간 등대는
이국의 사람들에게 오랫동안 손을 흔든다
지상의 곳곳엔
성시문명城市文明이란 주홍 글씨가
꽃처럼 활짝 피어 있는데

불현듯
전라남도 구례읍 로터리에서
아침마다 새마을 새조국을
기똥차게 정리했다는 푸른 제복의

은빛호각* 소리가 들려왔다

---

* 이시영 시인의 시 <은빛호각>을 따오다

# 사막 등대

별밤에도 불을 지펴
실크로드 순례자들에게
어둠 속 길을 안내하던
사막의 오아시스

가끔은 사형을 집행하던
절체절명의 전탑이었다는

구원과 죽음의 등불이
동시에 타올랐던

사막에도 등대가 있다

# 석양

잠자리 한 마리

저녁 하늘 가로지르자

평화롭던 운동장이

기우뚱, 어허!

붉은 노을이

잠시 출렁이더니

소슬한 마음 한구석

한 잔 술에

불콰해졌다

# 해설 · 시인의 말

|해설|

# 혁명의 순정성과 서정성이 어우러진 휴머니즘 시편들

**이경철**(문학평론가)

"별밤에도 불을 지펴/실크로드 순례자들에게/어둠 속 길을 안내하던/사막의 오아시스//가끔은 사형을 집행하던/절체절명의 전탑이었다는//구원과 죽음의 등불이/동시에 타올랐던//사막에도 등대가 있다"-「사막 등대」 전문

## _캄캄한 우리 시대와 사회를 밝히는 등대로서의 시

김종경 시인의 이번 처녀시집 『기우뚱, 날다』를 읽으며 '시란 무엇인가?'를 다시 물을 수밖에 없었다. 우리네 개인적 삶과 공동체에서 시는 도대체 무엇이며 유사 이래 왜 끊임없이 쓰여 오고 있는가라고. 『기우뚱, 날다』는 시의 효용과 존재 이유를 본원적으로 묻게 하는 시집이다.

김 시인의 시편들은 속이 깊고, 진솔하고, 착하다. 시적 기교나 미사여구, 의뭉스런 시어로 독자들을 현혹하지 않는다. 존재 자체와 인간들이 순하게 어울리는 세상에 눈을 떠 가던 사춘기 혹은 청춘 시절의 그 순정한 눈으로 오늘을 보고 있을 뿐이다.

지금의 구차하고 부당한 현실을 보여 주면서도 모든 존재들이 순하게 어우러지는 본디의 꿈을 버리지 않고 있다. 타락한 현실을 현혹하거나 그런 현실을 그대로 반영하는 시어나 기교가 아닌 순정한 언어로. 하여 타락한 시들이 판치는 작금의 시단에서 김 시인의 시들은 되레 변방이나 이방의 낯선 언어처럼 들릴지라도 순정하고 착하다.

그런 김 시인 시세계의 특징을 잘 보여 준다고 여겨 「사막 등대」를 이 글 프롤로그로 올려 봤다. 나도 우즈베키스탄 고대 도시 부하라에 있는 그 전탑(塼塔)에 가 봤다. 실크로드 사막 지대 오아시스 도시로 번성했던 부하라. 그 한가운데 가장 높게 솟아 있어 꼭대기에 불을 밝혀 사막의 등대 구실을 했던 탑. 그 꼭대기에서는 율법에 따라 죄인들을 떨어뜨려 죽이는 사형도 집행해 모든 사람들의 경종이 되게 했다. 시 본문대로 "구원과 죽음의 등불이/동시에 타올랐던" 사막 등대인 것이다. '등대'라는 말 때문인가. 이 시를 보며 루카치의 서문 한 구절이 자연스럽게 떠오른다. "우리가 갈 수 있고 가야 할 길을 하늘의 별이 지도의 역할을 하던 시대, 별빛이 갈 길을 환히 밝혀 주던 시대는 복이 있도다."

인간과 신이, 인간과 자연이 하나였던 시절은 분명 복된 시대였다. 살아갈 길을 진리, 운명에 맡기면 됐다. 자아, 주체성, 합리적 이성 등을 외치며 인간이 그런 시절로부터 유리된 근대 이후 우리는 얼마나 외롭고 불안한가. 스스로 길을 찾든지, 아니면 속절없이 타락해야 할 뿐.

이런 우리 시대와 사회에 김 시인의 시편들은 순정한 마음으로 순정한 세상을 어떻게든 보여 주고 지켜 내려 하기에 밤길을 안내하는 등대, 별빛처럼 보인다. 이것이 유사 이래 지금까지 시가 쓰이고 읽히는 가장 튼실한 이유 아니겠는가.

## _한계 상황에서 꿈을 일구는 체화(體化)된 변방의 언어들

"허기진 수화를 주고받던 젊은 남녀가 잔치국수 한 그릇 주문하더니 안도의 눈빛 건네고 있다//하루 종일 낯선 시선을 밀쳐 내느라 거칠어진 손의 문장(文章)들은 국수 가락처럼 풀어져 때늦은 안부에도 목이 메어 오고//후루룩 후루룩 국숫발을 따라 온몸으로 울려 퍼지던 저 유쾌한 목소리들/세상 밖 유배된 소리들이 국수집 가득 부글부글 끓어오를 때면 연탄난로 위에 모인 이국의 모국어들도 어느새 노랗게 익어 갈 것이다//(중략)//푸른 문장들을

뽑아 삶아 내는, 오래된 연인의 단골 국수집."(「국수집 연가」 부분)

용인 토박이인 시인은 개발에 밀려나고 있는 구시가지 다 떨어져 가는 공간에서 기층 민중들과 어울리고 있다. 위 시에도 드러나듯 청각장애인, 이주노동자 등 변방의 삶들과 어울리며 거기서 우러나는 언어들을 온몸으로 퍼 올리고 있다.

"낯선 시선을 밀쳐 내느라 거칠어진 손의 문장"인 수화(手話), "연탄난로 위에 모인 이국의 모국어"인 이주노동자들의 언어. 그런 언어들은 일반인들에겐 낯선 "세상 밖 유배된 소리들"이다. 그런데도 국숫집에서는 "온몸으로 울려 퍼지던 저 유쾌한 목소리들"로 들린다. 마치 허기진 목으로 국숫발 넘어가는 소리같이. 외국어들도 난로 위에서 노랗게 익어 가고. 하여 마침내 시인은 말없는 수화, 알아들을 수 없는 그 언어들을 "푸른 문장"이라 하고 있다.

세상 밖 유배된 소리, 이국의 언어가 모국어가 되고 수화가 푸른 문장이 되는 역설. 타락한 시대의 타락한 일상어가 아니라 알아들을 수는 없지만 연인의 정을 통하는 그런 변방의 언어들이 모국어가 된다는 패러독스. 그런 역설을 정겹게 구체화시키고 있다.

이번 시집에 실린 시편들을 보면 김 시인은 리얼리스트이자 도저한 휴머니스트이고 로맨티시스트임을 알 수 있다. 기층 민중들의 삶을 순정한 마음 그대로 살아 내며 따뜻하게 보듬고 있는 가운데 시대와 사회에 대한 비판의 목소리가 자연스레 흘러나오게 하고 있으니.

> "한 집 건너 무당이 살았다는/김량장동 북구 사람들은/낮은 골목마다 색 바랜 만장을/희망처럼 펄럭이고 살았지//봄이면 좁은 화단에도/꽃불은 활활 타올랐어/그래, 세상은 날마다 꽃밭인데//늙은 보살은/바깥소식 궁금해지면/골목 끝에 핀 빨간 칸나처럼/가부좌를 틀고/풍경 소리 따라 흔들리곤 했지//새벽녘 동이 트기 전,/어둠을 가르던 풍어 떼는/산꼭대기 텅 빈 암자를/통째로 매단 채/먼 바다로 헤엄쳐 갔어//골목 안 대문마다/붉은 페인트로 쓴 철거 번호가/하나씩 사라져 갔지" (「풍어(風魚)」 전문)

쪽문마다 철거 번호가 붉게 칠해진 변방의 그곳에도 봄은 어김없이 찾아오고 재개발구역 민초들은 여전히 희망과 순리를 믿으며 살고 있다. 그 골목 끝자락에는 늙은 보살이 살고 있고 그 집에는 풍경(風磬)이 매달려 있다. 늙은 보살은 밤새 풍경 소리를 신탁(神託)인 양 듣고 있는데 그 풍경 속 물고기들은 이미 "먼 바다로 헤엄쳐 갔"다. 집들은 하나씩 철거돼 가고.

풍경 속 물고기가 먼 바다로 떠났듯 실제가 떠난 언어도 빈껍데기 풍경 같다. 어떤 소리도, 본질적인 의미도 가질 수 없다. 지금 우리 현실 또한 그렇다. 과거의 신들은 가버렸고 와야 할 신들은 아직 오지 않은 이중의 궁핍한 시공(時空)이다.

이 시에는 시인의 현실 의식과 서정성, 도저한 낭만이 체질적 시관에 따라 자연스레 체득된 시인의 언어로 잘 드러나 있다. 이런 김 시인의 시는 애써 짓거나 꾸미지 않고 보고 겪은 것을 살갑게 전하는 변방의 노래이자 우리의 노래이다.

## _좀 더 인간다운 세상을 향한 혁명의 진정성

"벌과 나비를//위한//기다림의 어원(語原)//그리고//또 하나의//그리움." (「꽃」 전문)

에피그램 같은 짧은 시인데도 상당히 서정적이다. 이 짧은 시에서 시인의 타고난 시관과 언어관을 읽을 수 있다. 말의 원형을 향한 언어관이요, 낭만적 서정적 시관이다. '위한'이 대변하듯 시의 효용도 중시하는 리얼리즘 시관이 두루 혼재된 총체적 시관이 엿보인다. 그러면서도 곧바로 '너와 나의 외로운 마음이 기다리고 만나는 이 순간'이란 서정성의 요체가 경구식으로 압축되어 있다. 김 시인이 지닌 서정적, 낭만적 자질은 역사와 현실을 직시하는 리얼리즘의 세계관과 섞여 김 시인만의 시세계를 형성한다.

“강물은 그냥/울면서만/흘러가는 게 아니다/날마다/낯빛이 바뀌는 것처럼/꿈틀거리는 물결 속엔/자갈보다 찰진 근육이 있고/바위보다 단단한 뼈가 숨어서/강물은 이따금/남몰래 벌떡 일어나/걷다가 뛰다가/혹은/모래처럼 오랫동안/기어, 기어서라도/바다로/흘러가는 것이다” (「유목의 강」 전문)

흘러가는 강물을 바라보며 역사와 현실을 떠올리고 있다. 여울목에선 뛰고 평탄한 곳에선 기어서 가는 강물에서 시인은 민중의 역사를 보고 있다. 강물 속에 있는 자갈과 바위에선 민중 역사의 찰진 근육과 단단한 뼈를 본다. 반드시 도달해야 할 바다, 그 바다를 향해 강물은 그냥 흘러가는 것이 아니다. 어떤 당위성을 지니고 스스로의 부단한 노력을 통해, 능동적인 움직임으로 바다를 향해 나아간다. 강물이 ‘기어, 기어서라도’ 가야 하는 바다는 역사에서 끊임없이 꿈꾸어 온, 너 나 없이 잘 어우러져 사는 세상, 바로 화엄의 바다가 아니겠는가. 대한민국의 역사에서 항상 끊임없이 싸워 왔던 민중. 김 시인의 시세계에는 그런 민중들의 힘과 능동성이 담겨 있다.

“인간 세상을 점령하기 위해/도심 속으로 잠입하다/끊

임없이 죽어 가는//나는 야생의 혁명가,//어둠 속에서 더 천천히 흐르는/차량들의 불빛을 뚫지 못해/길거리마다 피 흘리며 나뒹굴던/내 혁명의 동지들이여!//수많은 촛불이/작렬하게 꺼져 갈 때도/생존의 차벽은/쉽게 무너지지 않았던 것처럼//오늘도 생존을 위해/수많은 야생의 혁명가들이/도심의 위태로운 사선의 경계를/무심히 뛰어넘고 있다" (「로드킬」 전문)

로드킬당한 야생동물들을 "내 혁명의 동지들이여!"라고 연호하며 전 지구적으로 압박을 가해 오는 자본주의에 대한 저항과 혁명에 빗대고 있다. 폭압의 차벽을 뚫지 못하고 도로 위에 나뒹굴며 죽어 갈지라도 좀 더 인간다운 세상을 위한 혁명은 멈출 수 없다는 이 땅의 현실적 저항의지가 잘 드러나 있다. 그러면서도 단순한 리얼리즘, 민중시 차원을 넘어 인간 실존 그 한계 상황을 넘어서려는 심화된 존재론적 가치를 보여 준다.

## _현실주의와 서정성의 생래적인 중층적 조화

"삶이 다가오자/물 밑의 세밀한 근육들부터/파르르 떨렸고/오리와 두루미들이/먼저 시퍼렇게 질려/날아갔다//그 하늘/흔들리던 구름에/깜짝 놀란/피라미 새끼들/한 방향으

로 몸을 쓰러뜨려/일제히 발광하는/눈부신 오후" (「순간」 전문)

이 시는 쉼표(,)로 끝난 긴장된 제목이 말해 주듯 말을 극도로 삼가고 있다. 말을 아낀 서정의 개결함이 그대로 전해 오면서도 자연의 안온한 삶을 파탄 내는 포식자 삶에 현실 의식을 짙게 드리우고 있다.

삶이 다가온 순간, 물속에 들이댄 카메라 앵글이 시를 쓰고 있는 것처럼 리얼하다. 눈부신 햇살 아래 오리와 두루미들이 날고 피라미들이 은빛으로 반짝이는 어느 여울목 오후 한 순간을 크로키했다. 특히 파르르 떨리는 물살 그림자마저 생동감 있게 잡아내는 감각이 빼어나다. 고요한 물가의 찰나를 이토록 세세히 묘사할 수 있는 건 카메라 앵글을 들이대면 피사체가 감전돼 바르르 떨게 할 정도의 사진작가이기도 한 시인이 대상과 일체가 되어 시를 쓰기 때문일 것이다.

"산사로 가는 새벽길//내가 숲속의 첫 먹잇감이다//햇살보다 먼저 거미줄에 걸려//누군가 제 한 몸 기꺼이 공양해야//생계가 이어지는 구원의 길//하루를 허탕 친 늙은 거미가//이슬 공양을 마친 후//무심히 사라져 간//저 허공의 길, 거기//산사 한 채가 환하다" (「새벽길」 전문)

새벽 산사(山寺)를 올라가는 길 위에서 본 거미줄. 그 거미줄에 아무 것도 걸리지 않아 대신 이슬만 먹고 가는 늙은 거미를 보고 시인 자신이 제 한 몸 기꺼이 공양하겠다는 깨달음. 그런 각성이 있어 산사도 환하게 보인다.

절간이나 토굴이 아니라 길 위에서 깨친 것이기에 자신의 구도나 구원을 위한 소승(小乘)이 아니라 남의 고해(苦海), 허공도 싣고 건네주는 대승(大乘)적 깨달음이다. 그런 깨달음은 산사로 오르는 어느 새벽길에 불쑥 온 것이 아니라 기실 시인의 삶 자체에서 온 것이다.

그렇다. 시는 거짓이 없는 장르여서, 시인의 말이 참인지 거짓인지까지도 그대로 드러나는 시인의 분신이다. 하여 위 시는 시인이 지나온 길, 가고픈 길, 인생관으로 읽어도 될 터이다. 이번 시집의 많은 시편들은 이런 대승적 깨달음에서 우리 시대와 사회의 구원을 위해 공양된 시들이다. 그래 착하고 진솔한 시편들이라 한 것이다.

김 시인의 많은 시편들은 민중성과 서정성이 체화된 진솔한 언어들로 씌여 서정적 민중시를 떠올리게 한다. 가장 낮고 추래한 곳에 뒹굴더라도 절체절명의 그곳에서 사회의 희망을 일구어 인간의, 실존의 자존과 존엄을 끝끝내 지켜내겠다는 김 시인의 삶의 자세가 이번 처녀시집에 고스란히 드러나 있다. 해서 우리 시대와 사회의 현실주의에 뿌리를 두고 있으면서도 꿈과 희망을 잃지 않은 서정과 낭만으로 삭막한 이 시대의 등대 구실을 하고 있는 것이다. 착하고 진정성 넘치는 시의 장도(壯途)를 빈다.

## |시인의 말|

모름지기 시란 생동하는 젊음과 광기로 빚어낸 영감의 산물이고, 그에 대한 상찬(賞讚)이 시인(詩人)이리라. 사진가 앙리 카르띠에 브레송이 살아서 유고 사진전을 했던 이유도 어느 순간 카메라를 던져 버린 것과 같은 맥락이 아닐까.

불혹을 갓 넘겨 등단 제도의 관문을 통과했고, 첫 번째 시집을 상재하는 데 또다시 십 년이 흘렀다. 첫 시집을 준비하면서 유고 시집을 떠올리지 않을 수 없었다.

훌륭한 사진가들이 남겨 놓은 뛰어난 사진이 한 편의 시로 읽히듯, 때론 시도 순간의 빛을 정지시켜 놓은 사진처럼 보여야 한다. 요즘은 사진을 후보정하고 합성해도 용인되는 것처럼 한 편의 시가 탄생할 때도 끊임없는 퇴고를 당연한 미덕쯤으로 생각한다.

첫 번째 '시의 집'을 짓다 보니 무심하게 퇴고를 거듭했던 작품들이 많다. 얼핏 보니 몽땅 누더기 같아 보였지만 자세히 들여다보니 느낌이 새롭다. 강물의 수면은 평온해 보이지만 속울음을 내며 흘러가듯 시심(詩心) 역시 어딘가로 치열하게 흘러가고 있으리라.

지역문학 또는 민족문학이 '세계문학'이라는 말을 신앙처럼 믿고 살았던 적이 있다. 수많은 노벨문학상 수상작들 중 어느 한 지역이나 제3세계를 소재로 한 작품들이 많은 것을 보면 결코 헛된 믿음만은 아니었던 것 같다.

21세기 노마드 시대에 아직도 고향에서, 그것도 탯줄을 끊었던 본적지 집에 살고 있는 걸 보면 큰 바보 아니면 복된 삶이 분명하다. 이십 대부터 지역언론과 지역문학운동에 몸담아 생애의 절반, 아니 청춘을 온전하게 다 바쳤다. 그래서 남은 생애만큼은 누군가 말했듯, '목을 매도 좋을 문학의 나무'에 등 기대어 살고 싶다. 이제 한 삼 일쯤 꼼짝없이 앓아누워도 기분 좋을 만한 시의 통점(痛點) 하나 남기고 싶다.

2017년 11월 김종경

실천문학시인선 022
기우뚱, 날다

2017년 11월 6일 1판 1쇄 인쇄
2017년 11월 6일 1판 1쇄 펴냄

지은이 김종경
펴낸이 정소성
영업·관리 이승순, 박민지
편집 정미라
디자인 한시내
펴낸곳 (주)실천문학
등록 10-1221호(1995.10.26)
주소 서울특별시 성북구 보문로 82-3, 801호(보문동 4가, 통광빌딩)
전화 322-2161~5
팩스 322-2166
홈페이지 www.silcheon.com



ISBN 978-89-392-3014-9



이 도서의 국립중앙도서관 출판시도서목록(CIP)은 e-CIP홈페이지(http://www.nl.go.kr/ecip)와
국가자료공동목록시스템(http://www.nl.go.kr/kolisnet)에서 이용하실 수 있습니다.
(CIP제어번호:CIP2017)